M,

M A

Leo, el retoño tardío

POR ROBERT KRAUS   ILUSTRACIONES DE JOSE ARUEGO
TRADUCCIÓN DE TERESA MLAWER

LECTORUM
PUBLICATIONS, INC.
111 EIGHTH AVE., NEW YORK, NY 10011-5201

Kraus, Robert, 1925-
    [Leo the late bloomer. Spanish]
    Leo, el retoño tardío/Robert Kraus; ilustrado por Jose Aruego;
traducido por Teresa Mlawer.
      p. cm.
    Summary: Leo, a young tiger, finally blooms under the anxious eyes
of his parents.
    ISBN 1-880507-38-2 (alk. paper)
    [1. Tigers—Fiction.   2. Spanish language materials.] I. Aruego,
Jose, ill. II. Mlawer, Teresa. III. Title.
[PZ73.K68   1988b]
[E]—dc21

97-32326
CIP
AC

A Ken Dewy,

J.A.

A Pamela, Bruce
y Billy

R.K.

Leo no sabía hacer nada bien.

No sabía leer.

No sabía escribir.

búho

elefante

serpiente

pájaro

cocodrilo

No sabía comer solo.

Y no decía ni una sola palabra.

—¿Qué le pasará a Leo? —preguntaba Papá.

—Absolutamente nada —contestaba Mamá—. Leo es, sencillamente, un retoño tardío.

"Más vale tarde que nunca", pensaba Papá.

Todos los días el papá de Leo lo observaba de cerca, esperando ver alguna señal de que comenzaba a florecer.

Y lo mismo hacía todas las noches.

—¿Estás segura de que Leo va a florecer?
—preguntaba Papá.

—Ten paciencia —contestaba Mamá—.
Si lo vigilas todo el tiempo, nunca florecerá.

El papá de Leo se puso a ver la televisión
en vez de observar a Leo.

Llegó el invierno y el suelo se cubrió de nieve.
El papá de Leo ya no lo vigilaba,
pero Leo no florecía.

Llegó la primavera y los árboles florecieron.
El papá de Leo seguía sin vigilarlo,
pero Leo continuaba sin florecer.

Entonces, un día,
a su debido tiempo,
¡Leo floreció!

¡Era capaz de leer!

¡Podía escribir!

¡Podía dibujar!

¡Y aprendió a comer solo!

También, un buen día, habló.
Y no dijo únicamente una palabra,
sino una oración completa...

¡Lo logré!